**K.A. Görner**

# Französisch

Anatiposi

**K.A. Görner**

# Französisch

Unveränderter Nachdruck der Originalausgabe.

1. Auflage 2023   |   ISBN: 978-3-38200-004-2

Anatiposi Verlag ist ein Imprint der Outlook Verlagsgesellschaft mbH.

Verlag: Outlook Verlag GmbH, Zeilweg 44, 60439 Frankfurt, Deutschland
Vertretungsberechtigt: E. Roepke, Zeilweg 44, 60439 Frankfurt, Deutschland
Druck: Books on Demand GmbH, In de Tarpen 42, 22848 Norderstedt, Deutschland

---

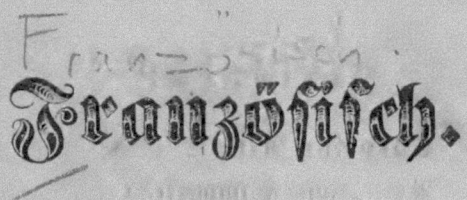

# Französisch.

Lustspiel in einem Aufzuge, mit Benutzung eines
vorhandenen Stoffes,

von

## C. A. Görner.

---

**Berlin, 1856.**

Schnellpressendruck von L. Kolbe in Berlin, Leipzigerstr. 86.

## Personen:

Caroline Ritter.
Rose, ihre Kammerfrau.
Alexis Tissot.
Schwalbe, Portier.
Ein Diener.
Träger.

### Caroline.

Geh' zum Buchhändler und frage, ob er das letzte Album von Horace Vernet aus Paris erhalten hat.

### Rose.

Zu Befehl!

### Caroline.

Hoffentlich finde ich darin das Portrait meines armen Bruders, der als Freiwilliger in die Fremden-Legion eintrat und nach der Krimm geschickt wurde. Mein Onkel schrieb mir, er hätte es auf dem neuesten Blatte sprechend ähnlich gefunden — es sei von einem jungen Maler gemacht, welcher der Armee gefolgt sei — leider aber konnte er mir nicht den Namen des Künstlers nennen! (Liest weiter.)

### Rose (über die Schulter blickend).

Ich sehe, Sie sind noch immer bei der Belagerung von Sebastopol?

### Caroline (seufzend).

Noch immer! Denn dort war es —

### Rose.

Wo Sie, wie Sie glauben, Ihren Herrn Bruder verloren haben, und ich meinen dritten Mann, den Christian Schalmei. O, ich bin beklagenswerther als Sie! Ihnen hat das Schicksal doch nur einen Bruder geraubt, bei mir hat es sich aber schon an dem dritten Mann vergriffen. Alle meine Männer liebten den Krieg. Der erste zog nach Algier und machte mich zur Wittwe. Kaum hatte ich mich mit dem Zweiten verbunden, ging's in Holstein los und mein heldenmüthiger David mußte auch dabei sein. Ich folgte ihm und wurde Marketenderin. Auch David starb — es war ihm schon manchmal im Hause was an den Kopf geflogen — aber in Holstein flog ihm eine feindliche Kugel an den Kopf und das konnte er nicht vertragen. Jetzt — so dachte ich — ist es Friede und nahm den Dritten, meinen Christian; da fängt der Scandal mit der Türkei an, und Christian wird Seesoldat. Ich wollte mit, da man aber auf den Schiffen keine Marketenderin brauchen kann, so mußte ich zu Hause bleiben und mein Soldatenblut unterdrücken. Es wurde mir schwer genug.

### Caroline.

Bedauerst Du es vielleicht, in meine Dienste getreten zu sein?

### Rose.

Ei bewahre! Ich habe es ja gut bei Ihnen, nur möchte ich gar zu gerne wissen, ob mein Dritter noch lebt oder auch schon gestorben ist. Denn — sehen Sie — ist er dahin — na, es ist nicht gut, daß der Mensch allein sei! Zu Zweien lebt sich's besser als —

**Caroline** (einfallend).

Hör' auf, sonst erzürnen wir uns wieder!

**Rose.**

Sie sind eine Ehefeindin — ich weiß — aber Fräulein, alle Naturen können doch nicht aus demselben Stoff geformt sein. Ich zum Beispiel —

**Caroline**
(steht auf und legt das Buch hin).

Ich bitte dich, schweig!

**Rose.**

Sie zürnen? Donnerwetter, ich möchte —

**Caroline** (streng).

Rose, vergißt Du unsere Verabredung?

**Rose** (salutirend).

Verzeihung, mein Herr Oberst, es soll nicht wieder geschehen. — Es wurde unter uns ausgemacht: Vormittags von zehn bis ein Uhr nur der Verstorbenen zu gedenken, und sich jeder irdischen Gemüthsbewegung zu enthalten. In diesen Stunden darf ich weder fluchen noch rauchen und muß vergessen, daß ich einst Marketenderin war. Erst nach Ein Uhr darf ich meinem Soldatenblute freien Lauf lassen. Gott sei Dank, es ist bald Eins und dann kann ich wieder ich werden.

**Caroline** (lächelnd).

Unsere Verabredung genirt Dich wohl gewaltig?

**Rose.**

Donner — (Schlägt sich auf den Mund.) Still! Es ist noch nicht Eins! — Ja, Fräulein, ich habe mir damit eine Fessel angelegt, die ich gern zerreißen möchte, denn ich bin nun einmal für's Militair geboren. Ach, was waren das für schöne Zeiten, als ich mit meiner Tonne auf dem Rücken in den Zelten herumlief — auf meinem Tornister schlief und des Morgens von der Trompete geweckt wurde. Von allen diesen schönen Erinnerungen (indem sie eine Pfeife hervorzieht) blieb mir nur noch diese Tabackspfeife meines ersten Gemahls, meines unvergeßlichen Cäsars.

**Caroline** (lächelnd).

Und Dein Zweiter, Dein David, hinterließ Dir nichts?

**Rose.**

Ein gebrochenes Herz, welches mir der Dritte, mein Christian, nicht im Stande war, wieder zusammenzuflicken; denn David war mein Sonnenauf= und Untergang.

**Caroline.**

Nun, habe nur Geduld! Vielleicht beginnt bald wieder

ein neuer Krieg und Du kannst einem vierten Helden
Deine Hand reichen, der Dir den David ersetzt.

Rose (freudig).

Alle tausend Donner — (Schlägt sich auf den Mund.) Ja
so, es ist noch nicht Eins! Das wäre mir sehr angenehm,
wollt' ich sagen, denn ich bin nun einmal ganz Militair.
Sie sollten sich auch dazu entschließen, Fräulein. Ich sage
Ihnen, so ein kleiner blonder Husar oder ein recht großer
blauer Dragoner ist, hol' mich der Teufel, nicht zu verachten.

Caroline.

Weder blond noch blau, ich bleibe ledig.

Rose.

Aber warum denn?

Caroline.

Weil mich die Männer langweilen.

Rose.

So dachte ich auch nach dem Tode meines Ersten und
habe es doch bis zum Dritten gebracht.

Caroline.

Einer ist heut zu Tage wie der Andere — fade und
abgeschmackt.

Rose.

So dachte auch ich nach dem Tode meines Zweiten,
bis ich bei meinem Christian das Gegentheil erfuhr.

Caroline.

Sollte ich mich je entschließen Einen zu lieben, so müßte
er ganz anders wie die übrigen Männer sein.

Rose.

So Einen kenn' ich, mein Herr Obrist — er ist beim
Train angestellt -- hat gelbe Augen und grünliche Haare.

Caroline.

Alberne Närrin! Ich rede nicht von seinem Aussehen,
sondern von seinem Benehmen, von seinem Charakter.

Rose.

Ach so! Sie wollen nur Kern, nicht Schaale!

Caroline.

Machte er mir den Hof, wie es heut zu Tage bei den
Männern Mode ist, so würde ich ihm die Thür weisen.

Rose.

Recht so!

Caroline.

Und wenn er so abgeschmackt wäre, wie eine Pagode,
Ja und Nein! zu nicken, mir in Allem zu gehorchen, ohne
mir den Hof zu machen, würde ich ihm ebenfalls die Thür
weisen.

### Rose.

Auch nicht übel!

### Caroline.

Kurz, mein Zukünftiger muß ein Original sein. Er muß in einem Tage weiter kommen, als Andere in einem Jahre. Kommen, sehen und mich lieben, aber auch im Moment von mir geliebt werden! Seine Art, um mich zu werben, muß durchaus neu, noch nie dagewesen, dabei aber sinnig und verschwiegen sein.

### Rose (losplatzend).

Alle tausend —

### Caroline (ermahnend).

Rose —

### Rose
(nach der Uhr sehend, sich entschuldigend).

Ja so, wir haben noch 10 Minuten bis Eins.

### Caroline.

Und Du weißt, den Dahingeschiedenen gehört der Vormittag.

### Rose.

Aber vielleicht leben die Todten noch und wir haben uns umsonst diese Buße auferlegt. Ich dächte —

### Caroline.

Es bleibt dabei! — Apropos, hat man den Miethszettel herausgehängt?

### Rose.

Ja, Fräulein. Mit großen Buchstaben ist darauf zu lesen: Hier ist sogleich die Bel-Etage zu vermiethen.

### Caroline.

Wie? sogleich? Du weißt ja doch, daß ich wegen der Erbschaft meiner Tante noch mindestens sechs Wochen verweilen muß und folglich das Logis nicht früher verlassen kann. —

### Rose.

Das habe ich dem Portier Alles gesagt, aber er hatte den Miethszettel just vorräthig —

### Caroline.

Schon gut! Ich will jetzt meine Reittoilette ordnen; in einer halben Stunde holt mich der Stallmeister ab.

### Rose.

Soll ich helfen?

### Caroline.

Louise ist ja da! Räume indessen das Zimmer auf und vergiß nicht, meinem Kanarienvogel Futter zu geben.

(Geht links ab.)

Rose
(militairisch grüßend).
Zu Befehl, mein Herr Oberst!

## Zweite Scene.

### Rose (allein).

Eine delicieuse Dame und eine famose Reiterin! Schade, daß sie keine militairischen Gefühle hegt, sie wäre sonst, was man so auf gut deutsch nennt: ein ganzer Kerl! (Die Uhr schlägt Eins.) Ein Uhr! (Freudig.) Nun können wir zum Militair übergehen! Drei Stunden der süßesten Erinnerungen habe ich meinem Christian geopfert, jetzt wird Eine angebrannt! (Brennt sich die kleine kurze Pfeife an und geht gravitätisch rauchend, die Hände auf den Rücken gelegt, immer auf und ab.) Schmeckst du prächtig! Es soll Männer geben, die sogar auf Universitäten gelebt, die Rechte studirt haben, und doch nicht rauchen. Das müssen Weiber sein! Ich, wenn ich nicht Taback hätte, ich hielt's keine acht Tage auf dieser Erde aus, auf Ehre! — (Es klopft.) Herein!

Portier Schwalbe (tritt ein).
Madame Schalmei, es ist Einer da.

Rose.
Einer? Was für Einer?

Portier.
Er will besehen.

Rose.
Was will er besehen? Wen? Mich?

Portier.
Nein, Sie nicht, aber das Logis.

Rose.
So lassen Sie ihn eintreten, Schwalbe! (Setzt sich links.) Er findet uns gerüstet! (Raucht.)

Portier.
Nur näher, mein Herr! Sie ist gerüstet.          (Ab.)

## Dritte Scene.

### Alexis. Rose.

Alexis (im Eintreten, riechend).
Puh! Mon Dieu! Quel Parfum! Wie mir scheint rauchen hier der Schornstein.

Rose (rauchend).

Contraire, Mosje! Was da raucht, bin ich.

Alexis.

Sehr schlimm!

Rose.

Und das wird dem Logis nicht schaden, denn ich gehöre nicht zu den unbeweglichen Sachen.

Alexis.

Noch schlimmerer!

Rose.

Sie wollen wohl Witze machen? Nehmen Sie sich in Acht! ich lasse nicht mit mir spaßen.

Alexis.

O werd' Sie nicht verdrußlich — j'ai dit ça comme j'aurais dit autre chose.

Rose.

Oder Schooß? Aha, ein Ausländer; wahrscheinlich ein junger Kaffer.

Alexis.

Ich müßt' sein ein groß menteur — Lügner, wann ich wollt' sagen, daß Sie machen auf mir einen gutten Druck ein. —

Rose.

Druck ein — ?

Alexis.

Non, non! Eindruck wollt' ich saggen. Sie sein freilif noch passablement.

Rose (steht auf und knigt).

O bitte, bitte —

Alexis.

Mais — Sie kefallen mir durchaus ganz und gar nicht — —

Rose (lachend).

Das thut mir leid. (Bei Seite.) Affe! (Raucht.)

Alexis (hustend).

Sagen Sie mir doch, junger Mannszimmer, haben Sie Schmerz von der Zahn?

Rose.

Weil ich rauche? — Nein — aber ich habe meine Stunde —

Alexis (mit großen Augen).

Ihre Stund'?

Rose.

Ja, junger Ausländer! doch das verstehen Sie nicht.

(Füllt zwei kleine Gläser mit Wein.) **Auf Ihre Gesundheit —
wie heißen Sie?**

Alexis.

Alexis Tissot!

Rose (reicht ihm ein Glas).

Also — an Alexis send' ich dich!

Alexis (betrachtet das Glas).

Was sein das?

Rose.

Madeira!

Alexis.

O, das sein gutt! (Trinkt, bei Seite.) Sie raucht, sie
trinkt! Das mußen sein eine Schriftstellerin von der deutschen
Fabrication. —

Rose.

Der Herr ist Militair?

Alexis.

O nein — und Sie?

Rose.

Ich? Ich habe gedient.

Alexis.

Oho!

Rose.

Bei einem fliegenden Corps.

Alexis.

Ah!

Rose.

Nenne mich Rose Schalmei — bin Er-Marketenderin
und zweimalige Wittwe —

Alexis.

Gratulire! —

Rose.

Bitte! Aber schon wieder vermählt!

Alexis.

Schade!

Rose (rasch).

Wie so? Hätten Sie vielleicht Absichten?

Alexis.

O nein! Sagen Sie mir, Er-Markedenterin, sein das
hier der Salon?

Rose.

In eigener Person.

Alexis.

Und weiter sein nir hier?

**Rose.**

Fremdling, Sie sind sehr dumm! Glauben Sie etwa, daß wir uns mit diesem einzigen Zimmer begnügen? Das Lokal, wodurch Sie eben Ihren Eintritt nahmen, ist der Speisesaal.

**Aleris.**

Ah so! Also wenn man machen wollen ein' Visit', muß man passir' durch der Speisesaal?

**Rose.**

So ist es!

**Aleris.**

Das sein ein sere groß Angenehmlichkeiten. Wann uns besucht ein Jemand, so sein wir gleich gezwungen, ihn zu laden ein.

**Rose** (bei Seite).

Quatschkopf! — Aber hübsch ist er! (Laut.) Hier ist das Schlafzimmer! (Deutet auf die Thür links.)

**Aleris** (rasch).

Das wollen wir sehen. (Will hinein.)

**Rose** (stellt sich vor die Thür).

Das werden wir bleiben lassen.

**Aleris.**

**Pourquoi?**

**Rose** (barsch).

Das Bett ist noch nicht gemacht.

**Aleris** (zurücktretend).

**Pardon!** Es sein also bewohnt?

**Rose.**

Im gegenwärtigen Fall — non! Aber sonst — oui! (Auf die zweite Thür links deutend.) Dort ist das Toilettenzimmer.

**Aleris.**

Das Zimmer, wo man sich machen thut schön?

**Rose.**

Schön macht? (Sich in die Brust werfend.) Das brauchen wir nicht erst.

**Aleris.**

Laß' Sie mich beseh'n der Toilettzimmer. (Will hinein.)

**Rose** (verweigert ihm den Eintritt).

Geht nicht!

**Aleris** (für sich).

Das sein wirklich ein sehr komischer Manier, Einem zu zeigen ein Logis.

**Rose.**

Meine Frau kleidet sich soeben an.

**Alexis.**

Sie haben eine Frau? Sie Glücklicher! ich habe keine!

**Rose.**

So nehmen Sie sich Eine. (Kokettirend.) Es giebt hier sehr anmuthige Wesen.

**Alexis.**

Sein Ihre Frau, eine wahrhaftige Frau, oder sein sie noch eine Frau Jung? —

**Rose.**

Frau Jung? —

**Alexis.**

C'est-à-dire: Jung=Frau.

**Rose.**

Ah so! Zu dienen, wir sind Jungfrau! —

**Alexis.**

Charmant! Da sein sie, was ich sein!

**Rose.**

Was? Sie sind auch Jungfrau?

**Alexis.**

Non, nir Frau, mais — Jung=Mann!

**Rose.**

Junggeselle? —

**Alexis.**

Oui! junger Geselle —

**Rose.**

Das ist gut.

**Alexis.**

Non, miserable! —

**Rose.**

So verheirathen Sie sich! —

**Alexis.**

Das werden ich; aber nur dann, wann ich will.

**Rose** (lacht).

Ei nun, mit Gewalt wird Sie auch Niemand dazu zwingen. — Na, gefällt's Ihnen? —

**Alexis.**

Was? —

**Rose.**

Das Logis.

**Alexis.**

Welches? —

**Rose.**

Was ich Ihnen so eben zeigte.

**Alexis.**

Was Sie mir haben zeigen wollen? — O ja — es würden mir gefallen, wenn ich es nur schon gesehen hätt' —

**Rose.**

Dann können wir also den Miethszettel wieder abnehmen lassen, und ich gehe, Fräulein Ritter zu benachrichtigen.

**Alexis** (für sich).

Ritter? sie sein es! (Laut.) Ihr Fräulein sein ein Ritter? — Ah! ich werden mich sehr freuen, mit ihr zu brechen einer Lanzen.

**Rose.**

Es hat sich was zu Lanzen! Hier ist vom Logis die Rede! Gefällt es Ihnen? —

**Alexis.**

Wann werden es sein frei? —

**Rose.**

In sechs Wochen!

**Alexis.**

Ich muß haben früher —

**Rose.**

Und wann?

**Alexis.**

In zehn Minuten.

**Rose.**

Warum nicht gar!

**Alexis.**

Spätestens in einer viertel Stund' — ich geb' Ihnen Zeit einer viertel Stund', bis Sie sein ganz ausgezogen.

**Rose.**

Ausgezogen? Mein Herr, Sie werden anzüglich.

**Alexis.**

Point du tout! Meine Meublen sein bereits schon alle vor der Thüren draußen.

**Rose.**

Sie machen wenig Umstände.

**Alexis.**

Ick sein Franzos, junger Mann, und bei uns gehen Alles wie der Wind.

**Rose** (freudig).

Franzos? Nun weiß ich doch mit einem Mal, weshalb ich mich so zu Ihnen hingezogen fühlte — für die Franzosen schwärme ich.

**Alexis.**

Was heißen: schwärmen?

#### Rose.

Nun — so — wissen Sie — auseinander gehen — richtiger: tiralliren! — Sind Sie schon lange in Cöln?

#### Alexis.

**Contraire** — ick sein erst angekommen mit der Eisenbahn, haben aber schon gemacht ein Bemerkung, was für mich sein sehr interessant — und da ich werd' bleiben ein wenig hier, nehmen ich mir ein Privat-Logis — Sie verstehen?

#### Rose.

Ob!

#### Alexis.

Mir sein dies hier sehr angenehm, weil ich kann sehen von hier der Dom, den ick will nehmen ab.

#### Rose.

Abnehmen? den Dom?

#### Alexis.

Ick sein Artist! Sie verstehen?

#### Rose.

Artillerist? Das ist mir lieb.

#### Alexis.

Darum werde ich bleiben hier **au moment** —

#### Rose.

Da werden Sie sich aber erst mit meinem Fräulein verständigen müssen.

#### Alexis.

Das werden ich! Ich mach' mich verständlich immer sehr gut.

#### Caroline
###### (im Reitkostüm — tritt auf).

#### Rose.

So fangen Sie gleich an, da kommt sie schon!

###### (Geht Carolinen entgegen.)

#### Alexis
###### (für sich, auf Caroline deutend).

**Diable!** Dieser Ritter sein ein sehr schöner Madame! — Wenn er es wäre?!

#### Rose (zu Caroline).

Fräulein — dieser junge Herr hat die Absicht, das Logis zu miethen, scheint es aber ungeheuer eilig zu haben.

#### Caroline.

Schon gut! — Bring' im Toilettenzimmer Alles in Ordnung!

Rose (leise).

Er ist ein Ueberrhein'scher, Fräulein, sehr hübsch und nebenher Artillerist —

Caroline.

Gut, verlaß mich!

Rose (für sich).

Ein herrlicher Mensch! (In's Toilettenzimmer abgehend.) Viel Aehnlichkeit mit meinem Zweiten.

# Vierte Scene.

## Alexis. Caroline.

Caroline (vortretend).

Mein Herr, Sie wünschen — ?

Alexis.

**Diantre! les beaux yeux!**

Caroline.

Wie beliebt?

Alexis.

Ich haben nur gesagt — so ganz vor mir — schöne Augen!

Caroline.

Ich ersuche Sie, Ihre Worte ein wenig abzuwägen.

Alexis.

Das thun ich — **vraiment!** Ich **wage** immer beim Anblick der Schönheit —

Caroline (empfindlich).

Mein Herr —

Alexis.

O, machen Sie nicht ein Gesicht so schief — so bös — **voyez-vous,** Mademoiselle — ich sein der Aufrichtig= keiten selbst, und wann ich Sie häßlich fänd', würde ich es Ihnen sagen **sans gêne!**

Caroline.

Sind Sie hierher gekommen, mir Complimente zu machen?

Alexis.

Nein, das war nicht meine Absichtlichkeit, doch seitdem ich Sie sah, werden ich wohl machen müssen.

Caroline.

Sie suchen ein Logis?

Alexis.

Und einer Frau.

## Caroline

(mißt ihn von oben bis unten und sagt dann verächtlich).

Das Logis können Sie in sechs Wochen in Besitz nehmen.

### Alexis.

Und der Frau?

#### Caroline (mit verächtlichem Blick).

Nur das Logis!

#### Alexis (mit graziöser Verbeugung).

**Merci!**

## Caroline.

Meine Antwort scheint keinen besonderen Eindruck auf Sie zu machen?

### Alexis.

Gar keinen — denn — ich lieben Sie nicht!

#### Caroline (spöttisch).

Je nun — das könnte sich am Ende doch noch finden —

### Alexis.

O nein! — ich bin schon ganz besetzt!

## Caroline.

Besetzt?

### Alexis.

Ja — ich tragen eine gewaltige Liebe in meiner Seelen!

## Caroline.

Das freut mich!

### Alexis.

Mich nicht! denn diese gewaltige Leidenschaft wird abkürzen mein Lebenslauf.

## Caroline.

Ach, wenn sie doch auch diesen Besuch abkürzen wollte.

### Alexis.

Ah! — Charmant! Sie scheinen auch zu sein der Aufrichtigkeiten selbst — das sein gut!

## Caroline.

Ihr Betragen ist sehr befremdend, mein Herr — ich glaube, es wäre jedenfalls besser, sich einen andern Gegenstand aufzusuchen, dem Sie Ihre Herzensergießungen vortragen könnten.

### Alexis.

Sie glauben sehr gut; aber Ihr Glaube sein nicht der meinige, denn ich kann ihn nicht führen aus, weil ich sein hier ganz unbekannt auf Gegenständer.

## Caroline.

Wahrhaftig, mein Herr, ich werde die Geduld verlieren!

**Alexis.**

Geduld? Ist nir! Ich haben verliert die Hoffnung — das sein viel erschrecklicher!

**Caroline** (kalt).

Ich wünsche allein zu sein!

**Alexis.**

Das kann ich Ihnen nicht nehmen übel — aber ich sein sehr gern in angenehmer Gesellschaft.

**Caroline** (stolz).

Soll ich die Diener rufen?

**Alexis** (sehr galant).

Machen Sie sich keine Umständlichkeit — ich habe schon gefrühstuckt.

**Caroline** (lächelnd).

Originell — in der That!

**Alexis.**

Ah — Sie sind entwaffnet.

**Caroline** (stolz).

Durchaus nicht — im Gegentheil!

**Alexis.**

Richtig! Denn Ihr Lachen sein eigentlich doppelte Bewaffnung!

**Caroline** (spöttisch).

Sie sprechen wohl gern in Bildern?

**Alexis.**

**Oui, Mademoiselle** — aber ich thu' auch machen darin. Ick sein Artist — Maler — Schüler von der groß Horace Vernet.

**Caroline** (rasch).

Sie malen Schlachten?

**Alexis** (bescheiden).

Mit Erfolg!

**Caroline** (lächelnd).

Haben Talent?

**Alexis** (sich in die Brust werfend).

Ungeheuer viel!

**Caroline.**

Auch Bescheidenheit?

**Alexis.**

Noch viel mehr als Talent.

**Caroline** (für sich).

Ein komischer Mensch!

**Alexis.**

Meine Leidenschaft, die Sie vorhin nicht haben hören

wollen — werden Ihnen machen ein Begriff von meiner Be=
scheidenheit.

**Caroline** (setzt sich links).

Ich bin durchaus nicht neugierig.

**Aleris.**

Nicht? Da sein Sie ein großer Ausnahme von Ihrem
Geschlecht. — Ich sein gereist von Berlin —

**Caroline.**

Ich höre nicht, mein Herr!

**Aleris.**

Sie hören nicht? Oh! da muß ich sprechen lauter.
(Setzt sich rechts.) Ick sein gereist mit der Courierzug von Ber=
lin nach Leipzik — es sein gewesen am 10. Juli —

**Caroline** (aufmerksam).

Am 10. Juli?

**Aleris.**

**Oui!** Es waren ganz Nakt, als ich gestiegen bin in
der Coupée, und in der Coupée sein wir auch gewesen ganz
Nakt, weil sein ausgegangen gewesen der Illumination —
**comprennez?** — der Lampen — oben — In der Du=
sternheit haben ich aber bemerkt **vis-à-vis** einer Gestalt,
welches sein gewesen **enveloppirt** in einer sehr großen, dicken,
weiten **manteau** — **comprennez? avec une** — wie
sollen ick mir **erplicir?** — eine — eine — Kapuzz, der sie
gezogen hatte über Kopf. Ich haben geglaubt in der ersten
**moment**, es sein mir gesessen **vis-à-vis**, ein Beduin, oder
ein sehr altes Weib — **mais** — an der **Conservation**,
an ihrer Stimmensprach, die sehr war **douce**, haben ich
gekriegt 'raus, daß mein mir gegenüber sitzender Gegenstän=
der sein einer sehr liebenswürdiger junger Dam'!

**Caroline.**

Jung? Das wollten Sie in der Dunkelheit bemerkt
haben?

**Aleris.**

**Je vous assure** — und zwar an der Stimm. Sie
müssen wissen, ich hab' ein sehr größer Ohr — **vraiment!**
An der Stimm = Organ, an der **Volubilité** der Zung —
weißen ich genau zu unterscheid' der Damen. **Par exemple:**
hören Sie einer Stimm', süß, sanft, ganz rein — melodisch
— Sie können sein überzogen, zu haben vor sich einer
junger, charmanter Demoiselle — Sein der Stimm schon ein
wenig — **ramponné** — **non** — ich wollt' sagen: an=
gegriffen, machen sich ab und zu, einiger von der Mißtön'
geltend — so haben Sie ganz gewiß ein verheiratheter Frau
vor sich — **mais** — sein der Organ, durch der Naas' —

schnarrig — zitterig oder husterig — **sur mon honneur**
— Sie haben es zu thun mit Einer von der ganz alten
Weiber. — Prr! das sein ein **horreur** —

Caroline.

Und Sie glauben also, daß Ihr Beduinenartiges **vis-
à-vis** —

Alexis.

Gewesen sein — einer junger schöner Mademoiselle —

Caroline.

Sie können sich täuschen —

Alexis.

O nein! und ich mach' mit Ihnen einer Wett', daß ich
haben Recht. Nun? Wetten wir? —

Caroline.

Das scheint mir doch ein wenig gefährlich!

Alexis.

Sie wollen nicht machen einer Wett'?

Caroline.

Nein! —

Alexis (mit ernster Komik).

O, dann finden ich es sehr schlecht von Ihnen, daß
Sie mir meiner Dam' verdächtigen wollen, die Sie gar nicht
kennen, die ich sehr heftik lieb', und die ich geschworen hab',
zu heirathen.

Caroline.

Sie haben ihr geschworen? —

Alexis.

Nicht persönlich, aber vor mir, im Stillen.

Caroline (für sich).

Wirklich ein origineller Mensch! —

Alexis.

Und ick werd' halten mein Schwur — ja, ja, **parole
d'honneur!** Doch hören Sie weiter, und Sie werd' seh'n,
daß der End' von meiner Geschicht sein — sehr dumm.

Caroline (lächelnd).

Ich kann auch vom Anfang noch nicht ganz das Gegentheil behaupten. (Setzt sich links.)

Alexis.

**Merci!** — Sie müssen wissen, daß ich nicht kann schlafen auf der Eisenbahn, und daß ich nehm', bevor ich einsteig',
immer zu mir einer kleiner Dosis von Opium. —

Caroline (lächelnd).

Nicht übel!

Alexis (setzt sich zu ihr).

Mein gegenüber sitzender Frauenzimmer schien fest zu

2

schlafen. Ich benutzen daher dieser Gelegenheit, und führen ihrer reizender Hand an meiner Lippen —

Caroline (rasch aufstehend).

Ja — ja — ich weiß — ich erinnere mich — (geht auf die andere Seite).

Alexis (aufstehend).

Sie erinnern sich? (Folgt ihr.)

Caroline (verlegen).

Das heißt — ich vermuthete so etwas dergleichen — denn die Keckheit der jungen Herren ist oft beispiellos.

Alexis.

Sie haben gehabt eine sehr gute Vermuthung.

Caroline (für sich).

Also Er war es!

Alexis (für sich).

Sie ist es! Ich haben mich nicht getäuscht.

Caroline (aufgebracht).

Nun weiter, weiter — sie ermunterte sich, nicht wahr?

Alexis.

**Point de tout, sie that ronflement** — schnarchen, aber so angenehm, als ob der lieben Engel im Himmel machten Concert.

Caroline.

Weiter! (Setzt sich rechts.)

Alexis.

Ich hatten große Mühe mir nehmen sehr zusammen! — Und eben als sich meine Füße machen wollten ein ganz klein wenig lang, um zu finden einen — Compagnon — verschwanden meine Gedanken, und meine Augen machten sich zu.

Caroline (lächelnd).

Wahrscheinlich die Folgen des Opiums.

Alexis.

Ja, er machte seiner Schuldigkeit. (Setzt sich zu ihr.) Ich hatte einen Traum — ganz orientalisch! — Ich sahen Mahommed's Paradies mit den reizenden Houris — die Schönste davon liebte mich — aber — beklagen Sie mich, Madam — ich blieben stehen vor der Pfort' von der Paradies.

Caroline (verächtlich).

Sie schliefen also?

Alexis.

Fest — **comme une marmotte!**

Caroline (rasch aufstehend, piquirt).

Gute Nacht! (Geht auf die andere Seite und setzt sich an den Nipptisch.)

Aleris (aufstehend).

**Merci!** (Folgt ihr.) Als ich erwachte, hatte ich viel Stationen ausgeschlafen und war im Coupée allein geblieben gesetzt!

Caroline.

Und die Auflösung Ihres Romans?

Aleris.

Soweit sein ich noch nicht gekommen — (sehr galant) aber ich stehen bereits davor.

Caroline (den Kopf nach ihm wendend, rasch).

Wie? Sie hoffen die Dame wieder zu sehen?

Aleris (fein).

Ich sehen sie schon!

Caroline (rasch aufstehend).

Mein Herr!

Aleris (auf seinen Kopf deutend).

Hier, in meinem Geiste.

Caroline.

Wissen Sie ihren Namen?

Aleris (schelmisch seufzend).

O nein!

Caroline.

Durch welches Mitttel aber hoffen Sie —?

Aleris.

Mein schöner Gegenständer hat zurückgelassen im Coupée eine allerliebst kleines Notizbuch — was ich immer tragen auf meinem Herzen. (Zieht es hervor und zeigt es ihr.)

Caroline (für sich).

Mein Buch — kein Zweifel — er ist es — der Unverschämte!

Aleris (für sich).

Sie hat sich erschrecklich? Ick sein sehr mit mir zufrieden.

Caroline (verlegen).

Nun? Und dieses Buch?

Aleris.

Wird sein der Schlüssel zu der Schloß von der Paradies. Hier stehen von Gold der Chiffre C. R., und darunter Cöln. Merken Sie? Deshalb sein ich gekommen nach Cöln. Ich werde hier aufsuchen aller Frauenzimmer, die sich schreiben C. R., und kein Gelegenheit vorüberfliegen lassen, um zu finden mein schön C. R.

Caroline.

Und wenn Sie die Dame gefunden?

2*

**Aleris.**

Werden ich ihr offerir' meiner Hand, und ihr vierzehn Tag nachher heirathen.

**Caroline.**

Das geht rasch.

**Aleris** (stolz).

Ick sein Franzos, Madame, und wir machen nicht lang, — wie Sie sagen in Deutsch: fackeln! — Ick haben schon alle meine Papiere in der Ordnung gebracht, um nicht zu haben einen langweiligen Aufenthalt mit der **consistoire**.

**Caroline.**

Das ist originell!

**Aleris.**

Nur französisch.

**Caroline.**

Und wenn die Dame Sie auslacht?

**Aleris.**

So werden ich warten, bis sie hat aufgehört zu lachen.

**Caroline.**

Und wenn sie häßlich ist?

**Aleris.**

**Impossible!** Das sein der reinsten Unmöglichkeit!

**Caroline.**

Wer sagt Ihnen das?

**Aleris** (galant).

Hier — mein Herz, und — meiner beiden Augen! — Sie müssen wissen, ich seh' in der Finsternheit wie eine — Katz'!

**Caroline** (stark, fast unwillig).

Wenn sie aber schon verheirathet sein sollte?

**Aleris.**

So werden ich warten, bis sie wird sein Wittwe. **Patience** sein eine sehr großer Leidenschaft von der Franzosen.

**Caroline.**

Die Geschichte sagt das Gegentheil.

**Aleris** (galant).

Es kommt nur auf der Gegenstänider an.

**Caroline.**

Und wenn sie nicht so bald Wittwe wird?

**Aleris** (leichthin).

So werd' ich mir schießen todt!

**Caroline** (ebenso).

Oder eine Andere nehmen.

Alexis.

Das kann auch sein, aber ich weißen das noch nicht gewiß. —

Caroline (rasch).

Geben Sie mir mein Buch zurück.

Alexis.

Ihr Buch? (Entzückt.) Also Sie sein mein eisenbahniger Gegenstand? Mein Beduin? Sie waren es?

Caroline.

Nun ja, ich war es! und was nun?

Alexis.

Nun? Ich gehen en ce moment zum Prediger.

Caroline (rasch).

Was wollen Sie dort?

Alexis.

Unsere Trauung machen.

Caroline (aufgebracht).

Mein Herr —

Alexis (galant).

**Mademoiselle** —

Caroline (verächtlich).

Sie sind toll —

Alexis (zärtlich).

Aus Liebe zu Ihnen. Ich lieben Sie über der Verstand! —

Caroline.

So rasch? Sie sagten mir doch vorhin das Gegentheil.

Alexis.

Weil ich vorhin noch nicht haben gewußt, daß Sie es sein — Sie! Wenn ich Sie nicht wollten lieben, so geschah dies nur, weil ich Sie schon liebte — c'est clair! (Uebergiebt ihr das Buch.)

Caroline (ernst).

Genug! Sprechen wir vom Logis! —

Alexis.

Von unserem Logis? **Bon!**

Caroline.

Hier der Salon —

Alexis.

Wo Sie regieren werden.

Caroline.

Dort, der Speisesaal —

Alexis.

Wo wir machen werden unser Hochzeitsmahl — fünfzig Couverts —

**Caroline** (auf die Seitenthür deutend).

Das Schlafzimmer —

**Alexis.**

Wo ich anbeten werd' meiner junger Frau —

**Caroline.**

Alles neu tapezirt. In sechs Wochen zu beziehen. Jetzt wissen Sie, was Sie wissen wollten, und nun (deutet auf die Seitenthür) ich bitte —

**Alexis.**

**O mon Dieu!** Wann Sie so abscheulich sprechen, werden wir uns nie machen verständig!

**Caroline.**

Sie haben sich nur mit dem Wirth, nicht mit mir zu verständigen.

**Alexis.**

Und wenn Sie nicht aufhören, mir zu quälen, werden ich sein in drei Minut ein Narr!

**Caroline** (achselzuckend).

Was man schon ist, braucht man nicht erst zu werden.

**Alexis.**

**Ah charmant!** (Küßt ihre Hand.) Sie sein spitz.

**Caroline** (zieht rasch die Hand zurück).

Mein Herr — wollen Sie mich beleidigen?

**Alexis** (feurig).

Nein, aber lieben! (Will sie umarmen.)

**Caroline.**

Unverschämter! (Nähert sich ihm, mimisch, als ob sie ihm eine Ohrfeige geben wolle.)

**Alexis** (stürzt zu ihren Füßen).

Engel!

**Caroline** (ganz erstaunt).

Wie?

**Alexis.**

Sie haben mir eben wollen geschlagen zu Ihrem Ritter — ich werden tragen ewig Ihre Farben.

**Caroline** (sehr aufgebracht).

Nein, das ist nicht länger auszuhalten!

**Alexis** (sehr zärtlich).

O wenn Du wüßtest, wie ich Dich lieben —

**Caroline** (kurz).

Adieu! (Wendet sich.)

**Alexis** (wie oben).

Du würden nicht so grausam sein!

**Caroline** (heftig).

Auf Nimmerwiedersehen! (Rasch zur Seite ab.)

**Alexis** (rasch aufspringend und nachrufend).

Auf Immerwiedersehen? Ja, Mademoiselle — ich
werde Sie sehen wieder. — Das müßten doch sein ein ganz
miserabler Franzos, der nicht wollen eine Festung so lang
bombardir', bis sie sich gegeben hat über. — **En avant!**
Machen wir einen neuen Sturm. (Geht zur Seitenthür, will
hinein, in dem Augenblicke tritt ihm Rose entgegen.)

## Fünfte Scene.

### Alexis. Rose.

Rose (mit einem kleinen Handbesen).

Halt! Werda?

Alexis.

Guter Freund!

Rose.

Die Parole?

Alexis.

Amor! (Will hinein.)

Rose (verhindert es).

Passirt nicht!

Alexis.

O! Mein junger Grenadier — ich lieben Deiner Frau.

Rose.

Sie lieben sie?

Alexis.

Ungeheuer!

Rose.

Thut mir leid.

Alexis.

Warum?

Rose.

Wird nichts gereicht.

Alexis.

Ah! Bah!

Rose.

Wir heirathen nicht!

Alexis.

Ich sein zufrieden, wann sie mich nur lieben thun wird.

Rose.

Wir lieben auch nicht.

Alexis.

Wer sagen das?

**Rose.**

Ich, wie Sie hören. Rosa Schalmei, zweimalige Wittwe.

**Alexis.**

Was muß ich thun, um aufzurühren ihr Herz?

**Rose.**

Wir lassen uns nicht aufrühren.

**Alexis.**

Liebt sie Cachemirs, Diamanten, übergezuckerte Kastanien? Mein alter guter Junge, geben Du mir Antwort, denn ich sterben vor Liebe zu ihr.

**Rose** (entzückt).

Gott, es ist gerade, als ob ich meinen seeligen David hörte. —

**Alexis.**

**En vérité?** O, so beschwören ich Dir thun bei Deiner David, laß mir nicht machen Absalon, der sich aufhängen thut an einer Baum, mit seine Zopf.

**Rose** (für sich).

Was? Aufhängen will er sich? Nein, das darf nicht geschehen. (Laut.) Junger Ueberrheinischer — ich habe ein Herz —

**Alexis.**

Das glauben ich.

**Rose.**

Welches nicht unempfindlich ist für äußere Eindrücke —

**Alexis.**

Das sein sehr gut.

**Rose.**

Und da ich keinen unglücklich Liebenden sehen kann —

**Alexis.**

Du guter Kerl! —

**Rose.**

Und für Frankreich immer sympathetisch war —

**Alexis.**

Sehr brav!

**Rose.**

So will ich Ihnen sagen, was ich weiß. —

**Alexis.**

Engel!

**Rose.**

Wenn mein Fräulein je lieben sollte — so hat sie es geschworen — müßte es Jemand sein, der keinem Menschen ähnlich ist.

#### Alexis.

**Diable!** und ich soll sehr ähnlich sein meiner Vater — man hat mir das immer gesagt als einer großen Merkwürdigkeit.

#### Rose.

Seine Handlungsweise soll durchweg ganz das Gegentheil von allen andern Männern sein — hat sie gesagt.

#### Alexis.

Hat sie gesagt? — Dieser Engel thut sein ein kleiner Teufel. —

#### Rose.

Wenn er mir die Cour macht — hat sie gesagt — ennuyirt er mich, und ich werde ihm die Thür zeigen.

#### Alexis.

**Bon!** Ich werden ihr machen keiner Cour.

#### Rose.

Wenn er aber so ein Affe sein sollte, hat sie gesagt, mir in Allem zu gehorchen, ohne mir die Cour zu machen, würde ich ihn aus dem Hause werfen lassen.

#### Alexis.

**Diantre!** Das sein sehr genirt — **mais** ich werden sein kein Affe.

#### Rose.

Endlich — wenn ich sie recht verstanden habe — muß ihr Herzenseroberer in einem Tage das vollbringen, wozu Andere sechs Monate brauchen.

#### Alexis.

Der Situation werden immer genirter.

#### Rose.

Wahrscheinlich hat sie damit die gebräuchlichen Formalitäten gemeint. Zum Beispiel: Visiten, Bouquets, Liebesbriefe u. s. w.

#### Alexis.

Ah so! Man soll also sein bei ihr zur Heirath **un Escamoteur?**

#### Rose.

Wer?

#### Alexis.

Ein Spieler der Taschen.

#### Rose.

Ein Taschenspieler? Ja wohl! Nun wissen Sie Alles, junger Ueberrheinscher und nun versuchen Sie Ihr Glück. Rühren Sie ihr Herz.

#### Alexis.

Ich möchte sehr gern rühren, aber wie?

**Rose.**

Wie wär's, wenn Sie sich für sie duellirten?

**Alexis.**

Das sein gut — aber mit wem?

**Rose.**

Mit dem ersten Besten.

**Alexis.**

Und wenn mich dabei macht todt der erste Beste?

**Rose.**

Das ist Nebensache.

**Alexis.**

**Pardon** — vor mir sein das Hauptsache.

**Rose.**

Dann zu etwas Anderem. Mein Fräulein wird sogleich ausreiten. Ich werde dem Pferde etwas Rum einge-
ben, damit es recht feurig wird und mit ihr durchgeht. Werfen Sie sich dazwischen — ergreifen Sie die Zügel — geben
Sie dem Pferde einen tüchtigen Ruck, damit sie aus dem
Sattel und zu Ihren Füßen fällt —

**Alexis.**

Das sein gut; aber sie kann sich entzwei machen dabei
der — der **cou.**

**Rose.**

Die Kuh? Warum nicht gar, es ist ja ein Pferd.

**Alexis.**

Mein guter braver Grenadier, Du begreifen mich falsch.
Ich meinen hier — (auf seinen Hals deutend) ihr — ihr Hals.

**Rose.**

Ach so! Ja, da haben Sie Recht.

**Alexis** (heiter).

Ich weißen schon, was ich werd' machen. Du haben
mir gesprochen von Visiten und so weiter — ich werden
machen und so weiter — Adieu! —

**Rose.**

Sie geh'n?

**Alexis.**

**Tu ne sais pas pourquoi je m'en vais?** —

**Rose.**

Was thut Ihnen weh?

**Alexis.**

**Non,** nir weh — Adieu, meiner schöner Rose — **non,**
nir Rose — Röseken wollen ich sagen. Adieu! Du werden
von mir erleben große Dinge! — (Rasch ab.)

Rose (ihm nachsehend).

Der arme Mensch scheint den Kopf verloren zu haben.

## Sechste Scene.

### Caroline. Rose.

Caroline (im Heraustreten).

Ist er fort?

Rose.

Total alle geworden.

Caroline.

Ein höchst drolliger Mensch.

Rose.

Er gab mir den Auftrag, Ihnen zu sagen, daß er Sie ungeheuer liebe.

Caroline (gleichgültig).

Das hat er mir schon selbst gesagt.

Rose.

Und hat das gar keinen Eindruck auf Sie gemacht?

Caroline.

O doch — den der Langeweile.

Rose.

Merkwürdig! mich hat er ungemein unterhalten. Es ist ein spaßhafter, angenehmer Jüngling, der sich sehr gut zum Ehemann passen würde.

Caroline.

So nimm ihn.

Rose.

Herr Gott, im Augenblick, wenn er Lust hat.

(Man hört eine Glocke.)

Caroline.

Es klingelt. Sieh, wer es ist.

Rose.

Zu Befehl. (Geht zur Mittelthür.)

## Siebente Scene.

**Vorige. Der Portier.** (Gleich darauf) **Alexis.**

**Portier** (im Eintreten).

Es ist Einer da.

**Rose.**

Wer?

**Portier.**

Der.

**Caroline.**

Welcher?

**Portier.**

Der eben fortlief —

**Caroline** (rasch).

Ich bin nicht zu Hause.

(Alexis erscheint in der Thür.)

**Portier**
(zu Alexis, indem er auf Carolinen deutet).

Fräulein sind nicht zu Hause. (Geht ab.)

**Alexis** (sehr artig und galant).

Mademoiselle, ich haben die Ehre, Ihnen zu machen
mein Compliment. Stören ich Sie vielleicht?

**Caroline** (wendet ihm den Rücken).

O ja — sehr! (Setzt sich links.)

**Rose** (stark).

Sehr! —

**Alexis** (setzt sich zu ihr).

Gut! Sie sind seit meiner letzter Visit', die ich die Ehre
hatte Ihnen zu machen, doch immer gewesen ganz wohl?

**Caroline** (ganz erstaunt).

Was soll das bedeuten, mein Herr?

**Alexis.**

Sie werden schon seh'n. (Fortfahrend.) Es sein heut
einer sehr schöner Witterung — ich hoffen Sie zu seh'n auf
der Promenad' — à propos! wie haben Sie sich amüsirt bei
der letztigen Repitition von der famosen Nordstern-Meyerbeer?

**Caroline.**

Mein Herr, ich begreife nicht —

**Alexis** (ohne sich stören zu lassen).

Haben Sie gelesen der letzten Roman von — von was
auf Deutsch so — so — birchpfeiffert? Non? Heut Abend
sein wieder einer neuer Oper — die Kammern sein geworden sehr unangenehm — die Manschetten sein nicht mehr

in der Mod' — die Minister werden niederlegen müssen ihr Geschäft. — (Sieht nach der Uhr und steht rasch auf.) **Je vous demande pardon, Mademoiselle,** daß ich Sie verlassen muß so früh —

Caroline (spöttisch).

So früh?

Alexis.

Aber ich fürchten, Sie zu langweiligen, daher ich mich ziehen thu' zurück. (Mit graziöser Verbeugung.) Mademoiselle, ich haben die Ehre —         (Ab.)

# Achte Scene.

**Vorige.** (Gleich darauf) **Alexis.**

(Die beiden Frauen sehen sich erstaunt an. — Kleine Pause.)

Caroline.

Nun — ?

Rose.

Na — ?

Caroline.

Was sagst Du jetzt?

Rose.

Nichts — und Sie?

Caroline.

Mir fehlen die Worte.

(Alexis schleicht herein und verbirgt sich hinter die Fenstergardine.)

Rose.

Der Mensch besitzt eine ungeheure Dreistigkeit.

Caroline.

Er ist unverschämt.

Rose.

Aber hübsch!

Caroline.

Schweig!

Rose.

Sein Bart — ganz David!

Caroline.

Verschließ die Thür!

Rose.

Zu Befehl! Reiner David! (Rasch durch die Mitte ab.)

Caroline<br>(indem sie die Handschuhe auszieht)

Ich bleibe zu Hause — will ihn nicht mehr sehen.

**Alexis** (steckt den Kopf hervor und niest).
Epschi!

**Caroline** (wendet sich, erblickt ihn und ruft).
Noch hier?

**Alexis** (ceremoniös vortretend).
Mademoiselle, ich haben die Ehre zu machen mein Compliment. Stören ich Sie vielleicht?

**Caroline** (aufgebracht).
Nein, das ist denn doch zu stark!

**Alexis.**
Sie sein seit meiner letzten Visit' doch gewesen immer ganz wohl?

**Caroline** (geht nach dem Kamin).
Mein Herr, ich werde meinen Leuten den Befehl geben, Sie vor die Thür zu setzen.

**Alexis** (folgend).
Vor der Thür?

**Caroline** (stark).
Ja, mein Herr!

**Alexis.**
**Pardon!** Ihr Ehrenwachtmeister, Madame Wittwe Rose, haben mir gesagt, daß ich hab' zu observir viel Formalitäten, um einzunehmen Ihr Herz und Ihrer Hand — **ainsi**, Visiten, Liebesbriefe, Bouquets, Geschenke —

**Caroline** (aufgebracht).
Geschenke?!

**Alexis.**
Und ich werd' erfüll' Alles, was begehr' der Formalität.

**Caroline** (für sich).
Ich möchte verzweifeln.

**Alexis.**
Der Anfang hab' ich schon gemacht. Ich sein in einer viertel Stund' dreimal gekommen her; ich werden wieder geh'n in fünf Minut', um wieder zu sein hier in zehn Minut', und wann wird sein der Tag vorbei, werden ich Ihnen haben gemacht fünfzig Visit'! Ist gut?

**Caroline** (außer sich).
Fünfzig Visiten?

**Alexis** (galant).
Es können auch werden noch ein paar mehr. In der Zwischenzeit werden wir uns beschäftigen mit der Brief und Bouquet.

**Portier**
(tritt mit einem Blumenstrauße ein).

**Alexis.**

Hokus, Pokus! **Voyez!** mein dienstbarer Geist erschei=
nen schon.

**Portier.**

Für Fräulein Ritter!

**Alexis** (nimmt es).

Erster Bouquet! (Ueberreicht es Carolinen, die ihm erzürnt
den Rücken wendet — er legt das Bouquet auf den Tisch.)

**Portier** (geht ab).

**Caroline** (für sich).

Der Mensch ist ja eine wahre Plage.

# Neunte Scene.

## Vorige. Rose.

**Rose** (ein Bouquet in der Hand, im Eintreten).

Denken Sie sich, Fräulein, dieser allerliebste Blumen=
strauß wurde soeben für Sie abgegeben. (Erblickt Alexis.) Was
ist denn das? Wie sind Sie denn hereingekommen?

**Alexis** (pathetisch, auf den Kamin deutend).

Durch der Schornstein! -- Ist gut?

**Diener** (tritt ein, mit einem größeren Bouquet).

Für Fräulein Ritter! (Ab.)

**Alexis**
(hat es genommen, dasselbe Spiel wie beim ersten Bouquet).

Dritter Bouquet!

**Rose.**

Seh'n Sie nur, wie schön es ist! (Reicht ihr das Bouquet.)

**Caroline** (nimmt es).

Ich möchte die ganze Welt vernichten! (Wirft es auf die
Erde und tritt darauf.)

**Alexis** (freudig).

Das wollten ich!

**Caroline** (heftig).

Was?

**Alexis**
(auf das Bouquet deutend, welches unter ihren Füßen liegt).

Das Sie wandeln sollen nur auf Blumen!

**Caroline**
(stößt das Bouquet mit dem Fuße von sich).

Abscheulich!

**Portier** (tritt ein mit einem enorm großen Bouquet).

Für Fräulein Ritter!

**Rose.**

Noch eins! (Läuft zum Portier.)

**Alexis.**

Vierter Bouquet! (Immer sehr naiv.) Ist gut?

**Caroline.**

Ich vergehe!

**Rose**
(nimmt dem Portier das Bouquet ab, dieser geht ab).

Jetzt ist's genug, Schwalbe, wir wollen nicht mehr. (Den Strauß betrachtend.) Die Bouquets werden immer größer und stärker.

**Alexis** (auf Caroline deutend).

Wie meine Liebe zu ihr. (Setzt sich an den Schreibtisch.)

**Caroline** (sehr ernst).

Was soll dieser Scherz bedeuten, mein Herr?

**Alexis.**

Es sein der Vorspiel zu meinem Lustspiel.

**Caroline.**

Lustspiel? Sagen Sie zu Ihrer Posse.

**Alexis.**

C'est égal! In beider Piece kommen der Heirath zum Schluß — ich denken auch so zu schließen. (Schreibt.)

**Caroline** (außer sich).

Rose, befreie mich von diesem Menschen! (Zu Alexis.) Was machen Sie denn da?

**Alexis.**

Ich thu' schreiben an Sie.

**Caroline** (ganz erstaunt).

An mich?

**Alexis.**

Ja wohl! Es muß Alles haben seine Ordentlichkeit. — (Schreibend.) „Den ersten October —"

**Rose.**

Was? Es ist ja heute schon der fünfzehnte!

**Alexis** (immer schreibend).

Ich weiß — ich thu' nur nachholen, was ich haben versäumt. (Wichtig.) Es muß Alles haben seine Ordentlichkeit.

**Caroline** (sehr ärgerlich).

Werden Sie endigen? —

**Alexis.**

Einige Zeilen noch, und ich stehen zu Ihrem Befehl.

**Caroline** (wie oben).

Ich kann mich nicht mehr halten.

**Alexis.**

O — haben Sie Geduld! —

**Caroline** (mit den Füßen stampfend).

Nein, nein, nein, nein! —

**Alexis** (fanft).

Ja, ja, ja, ja! (Wichtig.) Es muß Alles haben seine Ordentlichkeit! —

**Rose** (leise zu Caroline).

Fräulein, Sie sagten mir, Sie wollten Einen haben, der ganz anders wäre, wie die Andern — (auf Alexis deutend) ich glaube, das ist der Rechte!

**Caroline** (stolz).

Nimmermehr!

**Alexis**

(hat den Brief geschlossen, nimmt die Tischglocke und klingelt, Rose geht zu ihm).

An Mademoiselle Ritter — eilig. (Giebt ihr den Brief und Geld.)

**Rosa** (erstaunt).

Geld? —

**Alexis.**

Ich machen der Brief frei. (Setzt sich nieder und schreibt wieder.)

**Rose** (lachend).

Ein kurioser Heiliger das! (Giebt Caroline den Brief.) Ein Brief für Fräulein!

**Caroline.**

Diese Impertinenz! (Zerreißt sofort den Brief und geht an's Fenster.)

**Alexis** (sieht es).

Sie reißt? Entzwei? **Bon! c'est égal!** Ich schreiben mehr! (Schreibt.) „Den 15. October —

**Rose** (lachend).

Was? Sie haben schon 14 Tage zurückgelegt? —

**Alexis.**

Ja wohl, und in einem Augenblicke wird sein ein Monat Adieu. (Hat vollendet, klingelt. Rose tritt zu ihm.) An Mademoiselle Caroline — sehr eilig! (Giebt ihr Geld.)

**Rose.**

Wieder Geld? (Nimmt Geld und Brief.)

**Alexis** (setzt sich wieder und schreibt).

Porto! Es muß Alles haben seine Ordentlichkeit.

**Rose.**

Na, so einen ordnungsliebenden Menschen läßt man sich gefallen! — (Bringt Carolinen den Brief.) Für Fräulein Caroline — sehr eilig. —

**Caroline** (sehr heftig).

Wird nicht angenommen! —

3

Alexis (schreibend).

Den 20. Oktober — Mitternacht.
Rose.

Mitternacht? —

Alexis (schreibt).

Sie seh'n, ich sein in einer Secunde fünf Tage avancirt. —

Caroline (lächelnd).

In Wahrheit, ich hatte Unrecht mich über Sie zu ärgern, denn Sie sind ein Narr.

Alexis (für sich).

Sie macht schief Mund — das sein Neigung vor mir. — **Allons!** immer mit der Feder! — (Schreibt.)

Caroline (zu Rose).

Wirf Alles in's Feuer.

Rose (rasch).

Wollen wir nicht erst lesen, was er geschrieben hat —

Caroline (ärgerlich).

Mach', was Du willst.

Alexis

(klingelt. Rose tritt zu ihm. Er giebt ihr einen offenen Brief).

**Toujours** für Mademoiselle Ritter — am allereiligsten und — recommandirt.

Rose (bringt den Brief Carolinen).

Ein Recommandirter. Sie müssen den Empfangschein unterzeichnen, Fräulein!

Caroline.

Laß mich zufrieden. Es ist unerhört!

Alexis (seufzt, schreibt).

Ja wohl!

Caroline (wendet sich zu ihm).

Was?

Alexis (seufzt).

Ich sein unerhört. (Schreibt.)

Rose.

Hören Sie, Fräulein. — „Grausame, ich kannen nicht länger mehr so leben."

Alexis (schreibt).

„Den fünfzehnten November. Meine angebetete Caroline."

Caroline.

Ah, will's da hinaus? Gut, ich werde antworten. —

(Geht zum Schreibtisch und setzt sich Alexis vis-à-vis. Rose steht in der Mitte.)

Rose.

Caroline. | Schreibtisch. | Alexis.

**Rose** (liest).

„Daß ich mich haben verliebt in Sie, ist ein großes Malheur, aber dieses hätte Ihnen auch geschehen können mit mir —"

**Alexis** (schreibt ohne aufzusehen).

„Mein heißgeliebter Engel —"

**Caroline** (ebenso).

„Mein Herr! Sie sind ein Zudringlicher —"

**Rose** (liest).

„Mit mir, der ich die Ehre haben zu sein —"

**Caroline** (schreibt).

„Sie mystificiren, Sie verfolgen mich —"

**Alexis** (schreibt).

„Ich bete Sie an —"

**Caroline** (schreibt).

„Sie mißfallen mir —"

**Alexis.**

„Sollte sein in Deiner Brust das Gefühl gestorben, welches man nennt Liebe? —"

**Caroline.**

Vor Allem ersuche ich Sie, mich nicht zu dutzen!

**Alexis** (aufschauend).

Was? —

**Caroline** (aufschauend).

Wie? —

**Beide.**

Nichts! —

**Alexis** (schreibt).

Anbetungswürdigste! —

**Caroline** (schreibt).

„Fader Geck! —"

**Alexis** (schreibt).

„Ich liebe Dir! —"

**Caroline** (schreibt).

„Ich verabscheue Dich! —"

**Alexis** (aufschauend).

Ach Mademoiselle — das habe ich Ihnen nicht lassen sagen. —

**Caroline** (ebenso).

Was, mein Herr! —

**Alexis.**

Daß Sie mich sollen verabscheuen.

**Caroline.**

Und doch verabscheue ich Sie, im höchsten Grade.

**Alexis.**

Mehr kann ich nicht verlangen, denn nun sehen ich,

daß gebrochen ist der Eis von Ihrer Herz, und daß der Gleichgültigkeit für mir entfloh! Ich sein der Glücklichste von der ganzen Menschlichkeit.

Caroline (im höchsten Zorn, aufspringend).

Rose!

Rose.

Fräulein! —

Caroline.

Wirf den Herrn zum Fenster hinaus.

Rose (mit komischer Stellung).

Kommen Sie! —

Alexis.

Mit Plaisir — werd' ich mir lassen Fenstern. (Galant.) Werden Sie mich dann aber auch heirathen, wann ich nicht bin zerbrochen? —

Caroline (mit komischem Unwillen).

Rose! ich werde den Menschen nicht los!

Rose (gleichgültig).

Dann behalten Sie ihn doch! —

Caroline.

Du bist eben so unerträglich wie er! —

Rose (leise zu ihr).

Warten Sie, ich befreie Sie von ihm! (Zu Alexis.) Jugendlicher Schwärmer, Sie leisten das Möglichste! — Doch haben Sie noch eine schwierige Formalität zu erfüllen.

Alexis.

Die sein? —

Rose.

Wegen der Geschenke.

Caroline (mit Vorwurf).

Aber Rose —

Rose (leise).

Lassen Sie mich nur machen. Er soll uns schon das Feld räumen.

Alexis.

Expliciren Sie sich! —

Rose.

Was ist da lange zu exerciren? Sie müssen dem Fräulein Geschenke geben, ohne aus dem Hause zu gehen.

Caroline.

Rose, Du wirst mich ernstlich böse machen.

Alexis.

Weiter nichts? Das sollen gleich sein gemacht. Sie wissen, ich sein Escamoteur! (Geht zur Thüre.) Erschein', großer Geist von der Thür.

Rose (sieht den Portier).

Schwalbe! —

Alexis (pathetisch).

Schwalbe!

Rose.

Na, Eine bringt keinen Sommer!

(Portier erscheint im Seitenzimmer und reicht ihm die verschiedenen Gegenstände.)

Caroline.

Wieder eine neue Thorheit, (streng zu Rose) und daran bist Du nur Schuld. —

Alexis (bringt zwei Vasen).

Hier haben ich die Ehre Ihnen zwei etrusquische Vasen zu legen vor die Füßen. (Stellt sie auf den Schreibtisch und geht wieder nach hinten.)

Caroline (verzweifelnd).

Es ist Alles umsonst! —

Rose.

Dieser Mensch ist ein Zauberer!

Alexis (bringt zwei andere Vasen).

Hier zwei andere aus Japan. (Setzt sie auf das Kamin und geht.)

Caroline (rasch).

Rose, wirf Alles zum Fenster hinaus!

Alexis

(kommt mit einem ausgestopften Affen und einem Bilde zurück).

Hier haben Sie ein ausgestopfter Affen aus —

Rose. Caroline (stoßen einen Schrei aus).

Ah!

Caroline.

Das häßliche Thier! —

Rose (auf den Affen deutend).

Er ist's, Fräulein, er ist's! (Stürzt auf den Affen los und nimmt ihn.)

Alexis (geht zum Fenster, winkt hinaus).

Caroline.

Wer?

Rose.

Mein seliger David — wie er leibt und lebt —

Caroline.

Rose, mach' Dich nicht lächerlich —

Rose.

So wahr ich vor Ihnen stehe — das sind seine Augen — seine Nase — o Abklatsch der Natur im Kleinen!!

Alexis (indem er ihr das Bild überreicht).

Und hier, mein letztes Werk — nehmen Sie! — (Stellt

das Bild auf einen Stuhl auf. — Indem erscheinen im Speisezimmer zwei Männer, die einen großen Koffer, Reisepelz ꝛc. tragen, dort absetzen und sich gleich wieder entfernen.)

**Caroline.**

Was wollen diese Männer? —

**Alexis.**

Sie bringen mein Mobiliar, was gestanden hat bis jetzt vor der Thür.

**Caroline** (lachend).

Er ist, bei Gott, wahnsinnig.

**Rose.**

Sie sind ausgezogen?

**Alexis.**

Im Gegentheil — eingezogen.

**Caroline** (achselzuckend, scharf).

Oder ungezogen! Sie werden Ihre Effekten sogleich wieder forttragen lassen.

**Alexis.**

**Impossible!** Die Leute sein schon gegangen fort —

**Caroline.**

Ich werde sie zurückrufen.

**Alexis** (ihr in den Weg tretend, sehr fein).

O, nicht doch — Sie könnten sich verderben dabei Ihrer schönen Stimm' —

**Rose** (die zum Bilde ging).

Sehen Sie doch, Fräulein! eine Schlacht —

**Caroline.**

Täuschen mich meine Augen! Dieser Officier! —

**Rose.**

Herr Ritter! —

**Caroline.**

Mein Bruder! —

**Alexis.**

Mein Freund! Dem ich das Leben rettete!

**Caroline.**

Er lebt? —

**Alexis.**

Lebt, und wird sein in Deutschland in 8 Wochen.

**Caroline.**

O mein Herr, dieser Zufall — dieses unverhoffte Glück! ich möchte Sie umarmen!

**Alexis** (galant).

Ich werde halten ganz still — umarmen Sie, **sans gêne.** —

**Caroline.**

Unter einer Bedingung.

**Alexis.**

Und die sein?

**Caroline.**

Daß Sie mir das Bild dort verkaufen.

**Alexis.**

Verkaufen? es gehört ja zu Ihrem — zu unserm Mobiliar. —

**Caroline.**

Und wenn ich von dem ganzen Mobiliar nur dieses Bild in Anspruch nehme?

**Alexis.**

So wird er sein der Ihrige — vorausgesetzt, daß Sie die Hand nicht stoßen zurück, die es gemalt hat auf der Leinwand.

**Caroline.**

Sie behaupten, meinem Bruder das Leben gerettet zu haben? —

**Alexis.**

Bei seiner Wiederankunft wird er Ihnen sagen, daß ich die Wahrheit gesprochen. Zu meiner Legitimation — hier — ein Brief — vor Sie. —

**Caroline** (nimmt den Brief, öffnet ihn).

Also haben Sie mit ihm von mir gesprochen?

**Alexis.**

**Toujours!**

**Caroline.**

Und kamen wohl nur meinetwegen nach Cöln? —

**Alexis.**

**Parole d'honneur!**

**Caroline**

(hat einen flüchtigen Blick in den Brief geworfen — sieht Alexis einen Augenblick an, dann wendet sie sich zu Rose, ruft).

Rose!

**Rose** (tritt näher).

Fräulein! —

**Caroline** (leise mit den Augen auf Alexis deutend).

Hübsch ist er! —

**Rose** (leise).

Das habe ich Ihnen ja gleich gesagt. So etwas bemerke ich auf den ersten Blick.

**Alexis** (sanft).

Sie lassen mir sehr lange auf das Folter, Mademoiselle! Wollen Sie haben der Bild mit mir? —

**Caroline.**

Geht's nicht ohne Sie? —

#### Alexis.

Unmöglich! Es sein mein Herz und meiner Seele! Nehmen Sie der Seel', müssen sterben der Herz.

#### Caroline (seufzend).

Ja, dann darf wohl keine Trennung statt finden. (Zu Rose.) Ich werde ihn doch nicht mehr los!

#### Rose.

Sehr vernünftig geurtheilt.

#### Caroline.

Um dieses Bildes willen, vergebe ich Ihnen alle Thorheiten — hier meine Hand.

#### Alexis.

Sie willigen ein?

#### Caroline.

Muß ich nicht? nur um Sie Quälgeist, los zu werden. —

#### Alexis.

Los werden? im Gegentheil — Sie werden mich ewig fesseln.

#### Caroline.

Sie sind Franzos — so rasch wie Ihre Liebe kam, so rasch wird sie auch wieder verschwinden.

#### Alexis.

Das kann sein — aber ich hoffen es nicht.

#### Rose.

Sehr offen —

#### Caroline.

Französisch!

#### Alexis.

In meiner Lieb' werden ich nicht sein französisch, sondern ganz fest deutsch. (Ergreift ihre Hand.) Noch heute verloben wir uns.

#### Caroline.

Schon heute? —

#### Alexis.

Und morgen machen wir Hochzeit.

#### Caroline.

Warum nicht gar!

#### Alexis (fein).

Mein Mobiliar sein ja schon hier.

#### Caroline.

Sie sind ein Bösewicht! — (Er küßt ihre Hand; — zu Rose.) Nun Rose, was meinst Du zu dem Schwank? —

#### Rose.

Er ist ächt französisch —

#### Ende.